Marguerite Duras

玛格丽特 · 杜拉斯

（1914—1996）

法国小说家、剧作家、电影导演，本名玛格丽特 · 多纳迪厄，作品涵盖小说、随笔、剧本、电影等多种形式，以《情人》获得法国龚古尔文学奖，以《广岛之恋》和《印度之歌》等赢得国际声誉。早期作品形式古典，后逐渐打破传统叙事方式，并赋予心理分析的内涵，给艺术带来了革新。

Marguerite Duras

玛格丽特・杜拉斯

Une aussi longue absence
Scénario et dialogues

Marguerite Duras
Gérard Jarlot

长别离
剧本与对白

[法] 玛格丽特·杜拉斯　热拉尔·雅尔洛　著

陈景亮　译

上海译文出版社

前　言

这个剧本，与亨利·科尔比和约丝米纳·夏斯乃所拍摄的影片有所不同。

一方面，亨利·科尔比和约丝米纳·夏斯乃在我们的剧本里加进了一些东西。

另一方面，我们的剧本所包括的一些场景他们并没有拍摄。

我们尽力尊重影片导演所增添的大部分东西，只在增添的东西与剧本的深刻含意发生矛盾时才例外。比如：晚饭前，流浪人把所剪的一张画片作为礼物送给黛蕾丝·朗格洛瓦，这一场景在我们的剧本里消失了踪影。

与此相反，我们决定把导演和我们之间甚至

已达成协议不拍入影片的大部分场景①，也发表出来。我们认为，出版这个以我们的写法为主的电影剧本，是合法的。

玛格丽特·杜拉斯
热拉尔·雅尔洛

① 剧本中方括号里的片断就属此类。

影片开始：

宽银幕当中，出现一个男人宽大的背部，两边是耀眼的曙光和塞纳河沿岸的景色。银幕上的那个人费劲地唱着《黎明的曙光》，这是歌剧《塞维利亚的理发师》中阿尔玛维瓦伯爵所唱的一首咏叹调。

我们长久地跟随着他。他身穿一件旧大衣，银幕上出现的是他的上半身。

突然，男人的背影消失了。

画面呈现相反的景象：一片灿烂的曙光占据整个银幕。仅仅在这片光华的中心：

“一个与时代和世界都远离的男人，迷失路津。

“他像发丝一样纤细，又像曙光一样开阔。”（雷蒙·格诺①）

我们从很远很远的地方，看见他纤细的身影。歌声渐渐减弱到勉强可辨的地步。[男人的身影也是一样。] 而后，我们只听得到微弱的歌声。[再也无法辨认远远的黑点竟是个人了。在这片“没有”景物只有光芒的场面中，人影纤细至极。]

人影纤细乃尔，终于被光芒融没。就在这郊外的茫茫天空中，三架低空飞行的喷气式飞机，发出轰隆隆的巨大声响。

这三架飞机拖着三色旗，说明这天是七月十四日。

飞机飞临星形广场。

[飞机向星形广场飞去，飞到香榭丽舍大街

---

① Raymond Queneau（1903—1976），法国作家、诗人。

中心（并从左岸掠过桥至右岸，向巴蒂涅勒和蒙马特尔下滑，旋又沿着巴士底狱广场的南北轴线往上飞，从共和广场飞向协和广场），在那儿，巴黎市的人流已汇成一片人海；人流还秩序井然地向那里涌去，他们在走向检阅的地点。]

游行已经开始。首先是军事检阅：一辆坦克的宽大履带轧过柔软的沥青路面，像轧过一块黄油似的。

检阅在飞机声、摩托声和军号声中进行。这时摄影机对准这支游行队伍中最有代表性的镇压力量：共和保安部队。当然还有伞兵。仅仅几秒钟，画面上出现的已不是一支愉快而光荣的军队，而是从事压迫和屠杀的恐怖的队伍（与希特勒军队的游行队伍相似）。

一束巨大的火箭似的焰火划破了黑沉沉的夜空。

火花坠下，飘散在普托桥上黑压压的人

群里。

［现在，我们看见一堵巨大的墙——普托教堂的墙。黑色的墙上写着下面这句话：

“那年夏天，一个含义不明的故事发生在巴黎的近郊。”］

镜头推向普托教堂。黎明前的微曦笼罩着教堂的钟楼。

字幕在一辆重型卡车的隆隆巨响中结束。卡车的轮子轧过失落在岸边的一个玫瑰花环。

与卡车相反，洒水车沙沙地擦地而来，它喷湿了花环、纸帽、零落的花朵。

就在我们现在所处的这个地方（在面对一家窗扉紧闭的咖啡馆的普托老教堂前的空地上），我们看见阳光从教堂后面迅速地升起，升到了教堂的上面。

［不久，已到正午时分，不再有一点阴影了（起初，有一大片阴影）。］

天气很热。炎热中，河岸上蒸腾出颤颤的气流，使周围的烟柱微微跳动。一辆重型卡车开了过来。

卡车向左拐，向教堂前的空地驶来，经过咖啡馆对面一家木工厂的栅栏。

一些工人从厂里出来。

卡车在教堂前停下。车门开，一个男人从车内跳下。

他叫皮埃尔，三十五岁光景，脸上的神色说明他昨晚没有睡足，他一定连续行驶了十三四个小时。他从瓦讷来。不久，我们就发现他的卡车牌照上写有“莫尔比昂”的字样。

皮埃尔跳下地。

他显然到这儿来已成了习惯：在这尘土满地的小地方，他慢慢走着，碰上当地的居民，就打招呼致意。

他向咖啡馆走去。

这是“阿拜尔·朗格洛瓦咖啡馆”。我们从侧面看见这几个字刻在正门的玻璃上。

女老板看着屋外。当皮埃尔穿过马路向她走来时，她向他微笑。

皮埃尔站到吧台前面。仅从他俩相遇的目光，便可看出吧台后面的女人一定是这男子的情人。

正在招待顾客的年轻的女招待员向刚进来的人招呼说：“您好，皮埃尔先生。”

皮埃尔回答说：“您好。”其他顾客也一一向他致意。

女老板还顾不上去招待皮埃尔。反正，从她与顾客交换笑容的谨慎神态看，她不是一个爱张扬的女人。

这位咖啡馆的女老板叫黛蕾丝，三十八岁，漂亮而妩媚。

她举止谨慎，然而为了讨好顾客，她也打扮

得很讲究；但恰如其分，从不超出商业活动的范围。

帮她经营买卖的年轻姑娘叫玛尔梯纳。

镜头有意表现这个郊外的咖啡馆在夏天早晨和中午平凡的营业情景。

皮埃尔伏在吧台末端的一个角上。黛蕾丝在招待他。

这次他们很爽朗地笑了。

晚上七点，我们再次见到朗格洛瓦咖啡馆。

皮埃尔坐在一张桌子旁。

玛尔梯纳在招待顾客。

“黛蕾丝太太，不去度假吗？”其中一人问道。

黛蕾丝沉入遐思，她随口说道：

“真的，过几天这儿倒是没什么人了。”

同一天晚上，已经很晚了，黛蕾丝在卧室里同皮埃尔又提到度假的事。

“我倒真可以到晓里欧去走一趟，个把礼拜，十来天……真的，我也许要上那里去走一趟，个把礼拜吧，”黛蕾丝说。

“我可以带你去，下星期二，十五号那天我还要路过这里，”皮埃尔说。

“真的，如果你的车去晓里欧的话，我倒可以去一趟。这样，个把礼拜就行了。因为，到了晓里欧，我总得住上一两天，也许更久些。那里的河岸，学校后面的大沼泽，总教我触景生情。待上几天之后，那股劲儿就过去了，我又急着要回这儿来了。哎呀……”

黛蕾丝又说：“接下来，我可能到尼斯去。”

她像一个获得满足的孩子，情不自禁地笑了。

“因为，再回到这儿……就算度完假了……”

她说这话时显得很妩媚。

第二天，我们看见皮埃尔和黛蕾丝又在咖啡馆里。皮埃尔准备动身。

突然，流浪人的歌声划破了嘈杂的人声和唱机里的乐声，传进店内。

这正是影片开始时出现过的流浪人。

唱片已经放完。流浪人的歌声更响。他从马路那头向咖啡馆前的露天场地走来。他很不引人注目，他的经过，我们仅略有感觉而已。

他沿着教堂边的小径向河岸走去，向塞纳河走去。这时影片响起音乐主旋律。主旋律渐渐消失。流浪人已走到塞纳河边了。

他没有给任何人留下任何印象。

“是啊，”黛蕾丝说，“眼看这里一天比一天冷清。”

这时，影片化入另一个画面：一两天以后。但我们仍能“听到”黛蕾丝说话的余音，同时又听到了下面的这句回答：

“现在还不算怎么样呢。过几天您再看吧……”

这声音在下午四点钟寂静的气氛中回荡良

久。天气异乎寻常地晴朗。教堂的钟楼沐照在艳阳下。黛蕾丝手执报纸，轻轻地扇风。吧台上有花，花影投在她的脸上。

[已到打烊的时间。玛尔梯纳在说话。

这又是几天之后了。我们上面见到的鲜花已经枯萎，玛尔梯纳正要把它扔到外面的垃圾筒里去。

她边走边说：

“瞧，黛蕾丝太太，就只剩下咱俩了。”

她们望着门外的露天场地。刚才下过一场暴雨，走到门外的玛尔梯纳，鞋陷进雨水泡软的泥地里。

玛尔梯纳回屋。黛蕾丝从吧台后绕过来，两人都显得百无聊赖。她们到门外卷起露天场地上的遮篷，水珠滴在她们的脸上。两人突然又高兴起来了，玛尔梯纳甚至笑出声来。]

“你看着吧， 明天还会更冷清呢。”黛蕾丝说。

她想了一想，又说出了曾经对皮埃尔说过的

话（影片响起音乐主旋律）。

“我倒真可以去晓里欧走一趟。走开个把礼拜，尤其是这儿开始变得一天比一天冷清，还待着干吗？”

下午五点钟。暴雨的痕迹已消失多日。天气变得异常晴朗。

吧台上又摆出了鲜花，但完全不像上次的那样新鲜。玛尔梯纳坐在收银台边读报，花影婆娑地映在她的脸上。

黛蕾丝招待屋外露天座上的两位顾客，然后回屋。

注意：这些场景都是十分迅速地化入的，而且节奏有快有慢，同时，响起了主题音乐。

［黛蕾丝准备把水倒入四个杯子：一杯是为她自己倒的，另外三杯分别是为一位青年警察、一位常客和归来的皮埃尔。她手执长颈瓶站在吧台后，高高地把水倒入每个杯子里。杯子的透明度受到干扰。当最后一个杯子的透明度开始模糊

时（相当于视觉音阶的最后一个音符），外面传来轻微的歌声，唱的仍是罗西尼作曲的那首阿尔玛维瓦伯爵咏叹调：《黎明的曙光》，但现在听来教人心烦。黛蕾丝拿着长颈瓶的手停止了倒水的动作，片刻之后，才又继续倒水。当歌声渐近时，她的手又缩了回去。］

歌声渐近，唱得十分准确。

玛尔梯纳："瞧，那个唱歌的。"

皮埃尔："哪个唱歌的？"

玛尔梯纳："一个流浪人。天天中午路过。"

黛蕾丝："每天早晨也路过，我一起床就听见他唱。"

歌声更清晰了。咖啡馆的门敞着，里面的人都清楚地听到这歌声。

玛尔梯纳："他今天唱的是什么？"

退休者："啊，他唱的是《理发师》里的大咏叹调。"

流浪人过来了。他步子沉着，神情庄重，面无倦色，从人行道那头朝咖啡馆前的场地走来。

当他走入露天座场地时，歌声戛然而止，脚步随之站定。他好像看见了什么东西似的犹豫了片刻。他终于拐弯远远绕过站在咖啡馆门前的警察。

玛尔梯纳（对着警察）：“真逗，他好像怕您。”

警察：“你这样认为吗？”

黛蕾丝也在场。她转动摇柄放下遮阳篷。

听到流浪人的歌声，她笑了。而流浪人拐过露天座，走在咖啡馆与教堂之间的马路上。

他走过黛蕾丝跟前。黛蕾丝微仰着身子，似乎不很自在。流浪人的身影像复活节岛上的大雕像。

我们看见流浪人的身材异常高大，像巨人一般。然而，他的实际穿着却并不给人留下与他身材相符的印象。他的帽子压到眼睛上，遮住了明亮的目光，脸上始终带着表示歉意的微笑。他的衣服很干净，不过留下了岁月流逝的痕迹。

和黛蕾丝一起，我们首先打量这流浪人的全貌，然后细看他的眼睛。

他从银幕前走过。

随着他身影的移近，他的眼睛异乎寻常地变大，大而无神。而后我们再也见不到他的影踪了，他又走开了。

接着我们看到黛蕾丝闭着眼睛。她手里握着摇柄，一动不动。与先前姿势唯一不同之处是她的头仰靠在涂有灰泥的墙上。此外，毫无异样：她仿佛被一种对往日的无限惆怅的情绪慢慢地笼罩住了。

画面上什么声音都没有（好像影片声带出了毛病）。

[突然，黛蕾丝像晕倒似的松开手里的摇柄。那铁器掉到地上发出咣当一声——我们这才听到声音。

这音响似乎具有唤醒理智的功效：黛蕾

丝的眼睛睁开来了。整个画面复苏了。]

靠在门框上的皮埃尔急忙奔过去扶住黛蕾丝的肩膀。她睁开眼睛，看着皮埃尔，像求救一般。

皮埃尔：“黛蕾丝，你怎么啦？”

黛蕾丝恢复了神志。[她用手指梳理头发，不再看皮埃尔。]

（皮埃尔根本没有觉察到黛蕾丝的情绪变化同路过的流浪人有什么关系。）

黛蕾丝（悄声）：“那个人。”

她指着塞纳河的方向。

皮埃尔：“那个人使你害怕了？”

黛蕾丝犹豫片刻。

黛蕾丝：“嗯。”

皮埃尔：“你怕他什么？”

黛蕾丝：“说不上。（停顿）他走过去，我害怕了。（停顿）现在没事儿了。”

黛蕾丝微笑，显得疲乏。

夜幕降临。我们发现黛蕾丝仍逗留在与流浪人相遇的那个地方。夜空如洗。皮埃尔在她身旁。他看着黛蕾丝。黛蕾丝柔媚中透出几分忧愁，心神不定。她的目光泄露出她另有所思的心境。她向皮埃尔歉然微笑。她已陷入对阿拜尔·朗格洛瓦强烈的怀念之中。

皮埃尔：“你是不肯呢，还是不能把心事告诉我？”

黛蕾丝轻声回答皮埃尔。

黛蕾丝："不能。我即便想说，也不知从何说起。[（停顿）不过，待会儿就好了。]"

玛尔梯纳（在店堂内）："黛蕾丝太太，我走了。"

黛蕾丝："哎，我就来。"

玛尔梯纳（走到门口）："不必麻烦了。"

玛尔梯纳走了。皮埃尔又盘问起来。

[皮埃尔（坚持地）："他看了你一眼，你就害怕了？"

黛蕾丝（犹豫片刻）："不，他根本没有看到我。"

皮埃尔（很温柔地）："黛蕾丝……"

黛蕾丝："可是，他的目光……"

皮埃尔："他的目光？"

黛蕾丝："是的。（她撒谎）如果你一定要问，那么，我觉得他的目光是空虚的。温和，但

是空虚。（停顿）所以我害怕。”］

皮埃尔搂住黛蕾丝。

黛蕾丝起身。他们在河畔漫步，走了几步，皮埃尔仍面露忧色。

黛蕾丝依偎着他，头靠在他的颈旁。她始终神情恍惚地充满了这样的柔情。

皮埃尔：“告诉我……你对我什么也没有隐瞒吗？你不会是病了吧？”

黛蕾丝微笑。

黛蕾丝：“不，没有病。我以后跟你说……”

皮埃尔：“告诉我，黛蕾丝，现在告诉我。你同我一起去晓里欧，高兴吗？你知道，不过个把礼拜，我就来接你一起去。”

黛蕾丝不语。但这并未引起皮埃尔异样

感觉。他看看手表。

皮埃尔："我这次装的是危险品，得马上出发。"

黛蕾丝不安地叹了口气。她就怕皮埃尔让她单独留下，因为这样一来她又要陷于愁思，又要被一种神秘的恐惧感纠缠得难以排遣了。

黛蕾丝："你马上出发？"

她很快恢复常态。

黛蕾丝："好，你说得对，还是马上出发好。"

听她如此"通情达理"，皮埃尔反倒慌了，不禁喊出声来。

皮埃尔："你究竟有什么心事？说出来吧，天哪！"

黛蕾丝："我能有什么心事？你明明知道，晚上我常常考虑自己的生活。太……耗费精神。就是这些。"

夜仍黑沉沉。广场上忽响起马达声。这是皮埃尔的卡车在发动。他把手搭在方向盘上，抬眼望灯光仍没有熄灭的黛蕾丝房间的窗户。他抽着烟，凝视着窗内直至深夜不灭的灯光。他在等待。

只有摄影机，像窥探人家隐私似的钻进了被灯光照亮的黛蕾丝的卧室。黛蕾丝和衣睡着了。她的身边散乱地放着一些证件，照片，手写的信件，以及笺头印有机关名称的打印的公函。

我们虽只是很快浏览了一下这些文件，却已感到好像处身于惊险影片之中了，恨不能立即去通知皮埃尔，叫他别走。

然而相反的是，皮埃尔已重新发动马达，把车开动了。他显得很平静。黛蕾丝躺在文件上，翻身时压得文件瑟瑟作响。她惊醒了，发现忘记关灯，于是伸出手去，按了梨形开关：灯灭了。

她很快又进入梦乡。皮埃尔的车在广场上后退，然后向河岸的方向驶去。

卡车沿着塞纳河岸行驶。危险的时刻来到了：在巴黎，一个流浪人醒了，他孤独地唱着歌。在苏莱纳的上空，曙光徐明。

我们再次看到：黛蕾丝仍和衣孤零零地躺在被她压皱了的文件上。黎明从百叶窗的缝隙把光芒射进黛蕾丝的卧室。

万籁俱寂。远处传来拍打声，起先很轻，后逐渐加重。

［黛蕾丝睁眼，坐起来，以手抚胸。她眨了几下眼睛，“想听清她记忆中的声音”。］这是一个男人的脚步声。

脚步声从窗外传来，好像出现在卧室中似的。在空无人迹的广场上，这声音显得特别响。

黛蕾丝急忙下床，推开百叶窗，往下看去。

我们的视线也随之看去。黛蕾丝先是直视，然后又随着唱歌的流浪人的影踪移向一边。歌声渐远，更远了。他又走得无影无踪了。

［夜。咖啡馆里。顾客很少。黎明时出现过的脚步声显然并未消歇，它又来了，开始很轻，而后渐响。

黛蕾丝悄悄溜出店门，谁也没有留意。

歌声越近。

正是那个流浪人在边走边唱。

我们开始没有看到黛蕾丝，后来才发现她在空无人迹的露天场地的那一头。她缩在栅栏的角上等着流浪人。他离她越来越近。

流浪人没有看见她。她赶到滨河路对面的人行道上，她知道流浪人要朝哪个方向走。几辆小汽车拦住了流浪人，黛蕾丝赶到他的前面。她等待着，用手把两鬓掠向脑后压住，让自己的脸盘全都露了出来，以便流浪人辨认。流浪人经过她面前时，她抬起头来看他。流浪人虽朝她微微垂下眼睑，却似乎什么都没有看见。

黛蕾丝进行第三次尝试。她再次走到那位孤独的路人前面，这次是在河岸的台阶下。

她像刚才一样理了理自己的头发。在那里，流浪人“方便地”看到了她。可是她发觉他根本没有认出她来。于是她松手，让头发落到自己的脸上。她走上岸，扭头看看流浪人。流浪人却只顾哼着那支从不离口的咏叹调，继续走自己的路。黛蕾丝拖着沉重的步子走开了。后来她又停下，又扭头看看流浪人。她伫立着，久久地望着流浪人的背影，像看着一艘开航的船驶向远方似的。她眯小了眼睛，眼角的肌肉在微微颤抖，随着那人越走越远，她眼睛周围的肌肉抽搐得更厉害了。（她痴痴地看着流浪人走得无影无踪。）她凭栏呆立在岸边，久久不忍离去，倒像是无业的闲人那样地陷入遐思。种种意料之外的问题冒了出来，把她包围。

她的手抚摸着栏杆，又顺着栏杆抚摸石柱；她的眼睛，凝视着手。

后来，她把手缩了回来。

她往回走。她任凭头发散乱，拖着异常缓慢的步子朝咖啡馆走去。快到咖啡馆时，她重新梳理了头发，恢复了正常的步态。

实际上，并没有人发现她走开过一会儿。

黛蕾丝进屋。屋里很整洁。她微笑。

我们听见一位顾客口气自然地询问。

顾客：“黛蕾丝太太，今年暑假怎么样？”

她却答非所问，不过从她的眼神看，她显然大有歉意。

黛蕾丝：“天气这样好，我去岸边转了转。”］

［我们看见黛蕾丝坐在一辆差不多是空的公共汽车里，经过巴黎市区。

她踯躅在老佛爷百货商店。正是早晨。

我们又看见她在“海滨”货架前。

黛蕾丝：“我要一只海滨旅行袋。”

她面前摆着三只袋子，但她却视而不见，就像在河岸边出现过的情形一样，她痴痴地站着。］

［我们看见人群拥挤的里昂车站，蒙帕纳斯车站。

大街上，商店的铁门先后拉上了。有几

条大街，商店铁门全都拉上了。在十六区的繁华地段，只有一家铁门尚未拉上（注意：以音乐家姓氏命名的街道都集中在繁华地段）。

一片嘈杂的声音从雷诺汽车公司里传来：一排王妃汽车停在那儿。]

接着，我们见到一批“度假去的巴黎人”，几辆满载孩子和妇女的小车在拥挤而阻塞的高速公路上，车内叽叽喳喳地闹成一片。这是出发度假的最后一批人。

[雷诺汽车公司巨大的车棚显得冷清、空荡，只有维修组的一位小个子男人，拿着水壶在地上按“8”字形浇水。

到处是一片寂静。]

鸟儿在普托的古老教堂前的空地上歌唱。

我们进入黛蕾丝的咖啡馆。里面空荡荡的。黛蕾丝在后厅，她前面放着一只手提箱，她在清点新近买来的东西。玛尔梯纳走到她身边。

玛尔梯纳：“您还买了什么东西？”
黛蕾丝：“一只海滨旅行袋。”
玛尔梯纳：“什么样的？”
黛蕾丝：“大号的。”
玛尔梯纳：“什么颜色的？”
黛蕾丝：“蓝色的……你瞧。”

她心不在焉。突然，听到空地上远远传来断断续续的歌声。歌声越来越近，黛蕾丝抓住了玛尔梯纳的手，而玛尔梯纳则看着她，对她这不寻常的“举动”感到惊奇。

黛蕾丝听见《理发师》中“诽谤”那段唱词，歌声渐响。随着歌声的接近，她站起来，向门走去。她一直拉着玛尔梯纳的手。

流浪人从普托教堂那边走来，向河岸走去。他从黛蕾丝身边经过。[我们看见他从黛蕾丝面前走过时的身影：高大的身影。]

当他走过之后，黛蕾丝粗暴地抓住玛尔梯纳的双肩。

黛蕾丝：“去找他。”

玛尔梯纳神色慌张。

玛尔梯纳：“太太……”
黛蕾丝：“去找他，快去。”

她猛烈地摇晃玛尔梯纳。

玛尔梯纳：“为什么？”
黛蕾丝：“我叫你去。请他来。”

玛尔梯纳仍犹豫。

玛尔梯纳：“怎样说呀？”
黛蕾丝：“随你便，快去。”

她把玛尔梯纳推上人行道。玛尔梯纳去追流浪人，追上了，她像个小姑娘，羞羞答答地站在流浪人的前面。黛蕾丝一直站在老地方，在门口僵立着，听玛尔梯纳说什么。

玛尔梯纳考虑怎样称呼这位不平常的人物，最后，她决定叫他“先生”。

玛尔梯纳：“先生……先生……”

一阵沉默。玛尔梯纳的声音传到黛蕾丝的耳里，她始终一动不动。

玛尔梯纳：“您不渴吗？不喝点什么吗？”

黛蕾丝僵立着，仍然保持沉默。然后她把头探出门外，看见玛尔梯纳正领着流浪人走回咖啡馆。

黛蕾丝急忙后退，躲进后厅，拉下身后

的帘子，然后靠在隔断吧台和后厅的毛玻璃窗上。

她倾听即将发生的一切，也可能不时透过毛玻璃看看店堂的情景。玛尔梯纳好像在和耳聋的老人打交道，提高嗓门说话。而流浪人的答话却是低声的。他有礼貌地把一大包报纸放到桌上。

玛尔梯纳扫视四周，寻找不见踪影的黛蕾丝。她发觉黛蕾丝不知去向，一时不知如何是好，犹豫了好一会儿。然后，她终于大胆地走到吧台后面，去倒了一杯啤酒。不过，她总显得像个孩子（她才十五岁，对这一切完全不理解）。

玛尔梯纳："天气热，嗯？您喝啤酒吗？"

流浪人不言语，耽了一会儿才微微点头同意，玛尔梯纳给他一杯啤酒，他默默接了过去。

帘子后面的黛蕾丝在聚精会神地听着，静观动向。这时，玛尔梯纳在看流浪人。突然，他脸上的细微特征（我们过去一直没有看清过这张脸，只注意到一星半点），使玛尔梯纳动容，她的眼睛流露出感动而惊讶的表情。

玛尔梯纳："天天听见您唱歌。我看见您从这儿路过。您住在那边吗？"（指指前方）

我们第一次听到流浪人说话。

流浪人："是的，那边。"

黛蕾丝靠在毛玻璃上，她在倾听。她闭着双眼。听见这简单的低声答话时，她再也掩饰不住内心的紧张。［只见她皱起眉头，脸上露出了皱纹，她竭尽全力辨认他的话音。］

玛尔梯纳："在河边吗？"
流浪人："是的，在河边。"

一位顾客进来了。在影片开头的时候，我们已经在顾客群中看见过他好几次了。他叫费尔南。

费尔南："你好，玛尔梯纳。喂，也给我来杯啤酒。"

后厅，黛蕾丝扫兴地甩了下手：因为新来的客人干扰了她的调查。此刻，流浪人也同样引起了玛尔梯纳的兴趣。她心不在焉地招待费尔南。

玛尔梯纳："您唱的是什么？是歌剧？……比如说，您刚才唱的是什么？"
流浪人："我，我唱的……是《理发师》中'诽谤'那一段。"

玻璃后面的黛蕾丝在倾听。

玛尔梯纳："歌词是什么？"

流浪人点点头，然后回答。

流浪人："起先是飞短流长，像微风掠过大——大地……"

停顿片刻，流浪人突然沮丧地冒出一句。

流浪人："下面的词儿，我记不起来了。"

费尔南自信地插话。

费尔南："这容易：然后是诽谤声起，直搅得满城风雨。"

流浪人专心地听他提词。

玛尔梯纳（对流浪人）：“您怎么对这几段曲子这么熟悉？……”

她对自己会产生下面这个想法感到好笑。

玛尔梯纳：“没准儿您过去是唱歌剧的？”

流浪人表示惊异。

流浪人：“唱歌剧的？”

费尔南以说教式的口吻再次插话。

费尔南（向流浪人）：“歌剧，这是一辈子都忘不了的。”

流浪人：“一辈子，也许吧。”

他含糊的答话明显惹恼了费尔南。

流浪人又点点头。

费尔南："什么也许？确实是这样。"

玛尔梯纳（始终好奇地）："您过去真的没有唱过歌剧吗？"

流浪人："也许吧。"

费尔南："也许！什么'也许'？您有没有唱过歌剧，自己应该知道。别这么模棱两可。"

流浪人迅速做了一个出人意料的动作。他看看向他提问的玛尔梯纳，又看看气呼呼提高嗓门的费尔南。不论谁对他提高嗓门，他都感到害怕。其次，费尔南的眼睛也使他害怕。那是警察、军人和集中营头子们的凶狠而残忍的眼睛，是见到流浪汉心生疑窦的那种人的眼睛（换句话说这眼睛透出凶残、冷峻和怜悯）。流浪人对这种眼睛是熟悉的。他们都怀疑他，对于他们这号人，最要紧的事情就是查看他的身份证。他一定在宪兵或警察面前，掏过千百次身份证。他为了表明自己的身份，从内衣口袋里掏出一个小包。里面包着的正是他的身份证。他怀着恐惧的心情把小包放在吧台上，又把它推到费尔南面前。

费尔南："这是什么？"

流浪人打开了小包。

费尔南："一张身份证？（他读）罗……罗贝尔·朗德？是吗？"

流浪人："别人是这么说的。"

费尔南："怎么？罗贝尔·朗德，你这是什么意思？"

他这种不信任的口气，教流浪人听了害怕，不禁后退一步。玛尔梯纳决定表态了。

玛尔梯纳（对流浪人，礼貌地）：“先生，我们什么也不问您，您有保守秘密的自由。”

流浪人：“啊，谈不上秘密。”

费尔南：“那，又是什么？”

流浪人（很快地）：“是我失去了记忆。”

我们听见从玻璃窗的另一面传来椅子翻倒的声音，那是权作吧台和后厅之间隔断的玻璃窗。

玛尔梯纳离开吧台，向后厅跑去。黛蕾丝躺倒在长凳上，昏迷不醒。当她听见流浪人说出最后一句话时，立即昏厥过去。费尔南走到她跟前。玛尔梯纳感到恐惧，叫喊起来。

玛尔梯纳：“黛蕾丝太太！”

流浪人迅速从吧台上抓起他的身份证，塞进衣袋，仓皇逃走了。黛蕾丝终于睁开眼睛。

一种新的难以形容的快乐神色出现在她的脸上。她挣扎着要站起来，低声说话。

黛蕾丝："怎么回事啊！"

费尔南用目光询问玛尔梯纳。玛尔梯纳耸耸肩，什么也不明白。黛蕾丝站了起来，靠在玛尔梯纳的身上。

黛蕾丝："我一直在嘀咕……我早料到……"

费尔南和玛尔梯纳各自在寻找黛蕾丝莫名其妙昏倒的理由。

玛尔梯纳："您看，本来就不应该让他进来。"
费尔南："这都怪天气太热……"

现在，黛蕾丝完全恢复了神智。她推开玛尔梯纳，不用她搀扶。她走开了，好像已经找到打开秘密的钥匙。她昏迷的时间那样短，动作又那样简单，与“罗贝尔·朗德”失去记忆是相应的。这次昏迷是个关键。“已经熄灭的爱情”，就从这次昏迷中死灰复燃，演出一段爱情故事。黛蕾丝因而“改变了形象”，永远变了样。她苏醒过来了，爱情使她产生自信，使她变得年轻。由于自己的发现，黛蕾丝感到柔肠寸断。玛尔梯纳和费尔南却都毫无感觉。

［可能正是她苏醒的时候，我们听到了乡间婚礼上异常清脆的欢笑声：人们喊着“祝新郎、新娘白头到老”，笑声和祝贺声响成一片（刹那间，画面呈现出迷蒙的难以辨认的景象，好似一个发声的开口，诉说着一件我们不熟悉的事物；这不是现实的景象，但它中止了一切现实的噪声）。斯特拉

文斯基《婚礼》中的某些刺耳的重音音符，融化在这片嘈杂声中。]

黛蕾丝（突然）：“他在哪儿？”

她撩开帘子：流浪人已不在了。黛蕾丝匆忙穿过咖啡馆向门外走去。玛尔梯纳想拦住她。

玛尔梯纳：“黛蕾丝太太！”

她出去了。

费尔南：“她上哪儿去？”

从这时开始，画面展开“追踪”的场面，其激烈程度不亚于西部片。人们看了不禁产生双重感触：

“积极的”：“最后，她终于找到了他？”

“消极的”：“但愿她不要与他重逢，因为人们已经感到，那将是世上最大的不幸。”

以下是追踪过程：

黛蕾丝跑着穿过滨河路。她走下岸坡，沿塞纳河边的小径走，那儿正是上次她试图让流浪人看到她的地方。天色已晚，七点半钟，她发现流浪人并没有在陡峭的岸上。她开始沿河往圣克卢的方向跑。

她沿着普托岛的巨大围墙无休止地跑着。墙上有许多很大的花体字母（那是交错覆盖的政治口号）。她小小的身影在巨大的墙上迅速地移动着。

她有点疲倦了。她走到一根横跨塞纳河的形状奇异的大管道下，放慢了脚步。管道位于苏莱纳桥和圣克卢桥之间（在那儿，从她身后很远很远的地方，在被夕阳烧红的天际，我们看见了巍然屹立的国防大楼）。

她一定跑了好一阵了，因为尽管我们看到她还在跑，她毕竟真的跑累了，她气喘吁吁地踩着碎步登上讷伊桥的石阶。

［她不跑了，在空无人迹的讷伊林荫道上踽踽独行。我们从高处看到了星形广场。这时，太阳从国防大楼的后面落下去了。］

［黛蕾丝在塞纳河的左岸，沿着布洛涅森林步行。她更放慢了速度，鞋子沾满了尘土，变成

灰色的。她显然疲乏不堪。她从充满欢声笑语的露营地旁走过，那儿有好几辆黄蜂摩托，还有挂着 GB 字样的老式小汽车和一些奇形怪状的帐篷。这一天，在那儿闲逛的差不多全是巴黎人。黛蕾丝走过这片风景区的时候，我们在“追踪”场面里才见到一些人。]

黛蕾丝在夜色朦胧、空无人迹的码头上踯躅。码头位于左岸，通向圣克卢桥。夜幕悄悄地降临。突然，黛蕾丝步履开始沉重起来（我们马上就觉察到了）。天空一片灰蒙蒙，在她面前，二十五个霓虹广告灯骤然亮了，照在圣克卢桥和没有行人的宽大路口上。

黄昏（已经擦黑）。黛蕾丝简直瘫了。她疲惫不堪，窝腰曲背。她脸上只有为爱情真正感到痛苦的表情，而且这痛苦就像涨潮一般，越来越厉害：她感到从此见不着他了，永远找不到他了。［她在铁路和塞纳河之间无休止地、一瘸一拐地走着。她的上面是与塞纳河边上的塞夫勒工厂差不多成垂直方向的圣克卢公园。］

［黛蕾丝显得衣衫不整，愁容满面。我们看她踏入聚有北非人、流浪汉的小桥咖啡馆。这个咖啡馆就在圣日耳曼区塞纳河左岸的桥边。她经过流浪汉们的身边，把他们挨个儿地一一细看（在我们看来，流浪汉似乎都一样）。

她穿过前厅，往那头细瞧，寻找她的流浪人。有几个男人伏在桌上睡着了。霓虹灯使她的脸色发亮，她的鞋盖满了白花花的尘土。］

经过三四个小时的追踪，黛蕾丝的脸色苍白。这时天已大黑，万籁俱寂，她终于在圣日耳曼区的后面——雷诺汽车工厂的对面——一间没有门的棚子里，发现流浪人睡得正香。他的床上铺满了报纸，头下压着一个背包。

这个既没有门，又缺少一两块墙板的棚子，只不过是“阿拜尔·朗格努瓦”这个被战争灾难压垮、并已失去记忆的人的一个栖身的场所。但，在黛蕾丝看来，这好歹是个家。

显然，她不会走进去（在这里，黛蕾丝崇高精神境界中所具有的那种社会教养的神圣性，像宗教仪式一般展示在纯洁无邪的气氛中。我们所说的社会教养是指对所有权的确认）。

她确实不会走进棚里。不会。她只是靠近棚子大开的门洞。她没有跨进去。她看着流浪人睡觉。

他像“幼儿园”里的“孩子”那样睡得很香。他沉浸在幸福里，显得天真无邪。黛蕾丝久久地看着他，直到深夜。她疲倦得前后摇摆，只好用一只手扶住一块墙板凸出的边缘。

她又直了直身子。

她的眼睛向周围打量，发现棚外门框附近有

块大石头。她坐到石头上。她的头慢慢地靠到墙板上。她在夜里睡着了，垂下的头伸进棚里，而里面正睡着“阿拜尔·朗格洛瓦”。

与黛蕾丝睡觉的形象恰成对比的，是玛尔梯纳的睡态。她在老教堂旁边的咖啡馆里。门紧闭着，灯光照亮了吧台，玛尔梯纳靠收银台坐着，直挺挺地睡着了。

黎明前，圣日耳曼区鸟雀聒噪。夜犹未央。黛蕾丝站起来。流浪人在床上翻了个身。黛蕾丝急忙退出他视线可能所及的范围。

流浪人起身，走到塞纳河边，长久地洗脸。这是一个爱干净的男人。他拍掉身上的灰尘，拉直衣服上的折皱，挎上背包，提起用带子系着而前后晃动的一包报纸，又把一个麻袋搭到肩上，迈着稳重的大步，摸黑出发了。东方露出了一抹鱼肚般的白光。

黛蕾丝悄悄跟在他后面。

[漫长而艰难的一天开始了。

我们先来看看黛蕾丝在这一天中的表现。

对黛蕾丝来说，这一天分为三个阶段：

（一）她远远跟着“阿拜尔·朗格洛瓦”，直到十一点钟，他走进一家收破烂的商店。流浪人倒空麻袋里的东西，领取付给他的钱，这时黛蕾丝靠在店外的栅栏边。流浪人走出商店时，认出了她，向她微笑。她跟着他，愈走愈近。

（二）她胆子大起来，有时挨着流浪人的身后走，还往往同他并排走，有几次甚至走到他的前面，一转身就与他面面相视（而且，她同他并排走的时候，好几次从流浪人的左边走到右边，从两面审视“阿拜尔·朗格洛瓦”的身形）。

黛蕾丝花了整整一个上午来“审视”这个男人。她着了迷似的注意他脸上的每一个细节，她觉得每看一眼他脸部的细节，就多获得一个新的鉴定根据。

必须说明，事实上到目前为止，我们一直没有在影片里看清“阿拜尔·朗格洛瓦”的全貌（只有一处例外：第一个场景表现他到达咖啡馆与黛蕾丝劈面相遇，那时他像“复活节岛上的大雕像”）。

同样，今天我们也将看不到“朗格洛瓦”的全貌。我们每次只看到他的部分面容，也就是黛蕾丝为了验明正身而狂热地进行调查时所看到的那些部分。我们同她一起进行这次调查，参与了调查的每一个阶段。我们和她同时重新组合这张脸，这个身体。在流浪人吃完饭之后，他的身体和脸，在我们面前，同时也在黛蕾丝面前，不断交替出现，并达到了鲜明的统一。

在这又一次“追踪”的全过程中，流浪人的帽子压得低，遮住了他的后颈，以致跟在后面的黛蕾丝什么也看不到。

我们感兴趣的东西——流浪人的活动，黛蕾

丝则毫无兴趣。她根本不在意。她甚至好像没有察觉到流浪人在活动似的。她感兴趣的是她接近流浪人时所看到的一系列“特写镜头”：

——他的微笑（在废品收购店的栅栏处）；

——他的一只眼睛；

——他左眼的一排下睫毛；

——耳垂上的一个小伤疤；

——他的手；

——他的牙齿，以及咀嚼沙丁鱼；

——他鼻子左边的一颗痣……

（三）当流浪人坐下来，打开沙丁鱼罐头准备吃的时候，黛蕾丝兴奋地看看他，因为在这些基本动作（睡觉、吃东西）的启发下，阿拜尔·朗格洛瓦的记忆最能受到强烈的刺激而得到恢复。

最后，她看到了流浪人月牙形指甲的“特写镜头”，确切地说，流浪人开始解包裹上的绳结，黛蕾丝发现他的一个手指上的月牙形指甲。后来，她终于说话了。

至于黛蕾丝这天的面貌是不难想象的：她在外面过了一夜，这几个小时又狂热地奔波——没有吃东西，只喝了几口流浪人瓶中的矿泉水。她这样一位循规蹈矩的老板娘，只须这样折腾几小时，就足以变成一副十足的“女浪人”的模样了，尤其是当她等流浪人用罢午餐，同他交谈的时候，更像个地道的女乞丐了。

黛蕾丝上述表现的细节在下述画面里一一交代，下面就是流浪人一天的经历：]

[他醒来之后的半小时。

天空仍然笼罩着黎明前的昏暗。

他看着地上，寻找东西，一面向有四个烟囱的雄伟工厂走去。工厂挨着奥托依桥。

他从断了的桥下经过。]

他一声不吭、漫不经心地拾起他左边的一张废纸，然后又拾起右边稍远处的一张废纸，同时眼睛盯住另一件他期望得到的“收获”。

他拾废纸就像在田野里采摘矢车菊一样，动作很快。

他迅速地把废纸塞进肩上的麻布口袋。

黛蕾丝远远地跟着他。

半小时过去了。

洒在塞纳河上的曙光，如同洒在意大利的湖面，洒在“婚礼”宴席上的一样。洒水车可能已驰过滨河路。流浪人就在这条路上行走。他的对面则是普托镇一堵壮丽的墙，它是从塞纳河的另一侧延伸开的。黛蕾丝一直远远跟着流浪人。阳光宜人。我们时而听见斯特拉文斯基《婚礼》中扣人心弦、回肠荡气的乐句。黛蕾丝跟着流浪人，他们俩朝普托的方向走去。

太阳就要升起了。流浪人到了老教堂前的空地上。突然，他哼起了《黎明的曙光》。他走过去了。

当流浪人经过时，玛尔梯纳被他的歌声惊醒了。她走出咖啡馆，惊奇地发现黛蕾丝跟随而至，距离流浪人三十来米。

玛尔梯纳向黛蕾丝跑去。在她未到黛蕾丝跟前，还没有叫她之前，黛蕾丝急忙将手指放在自己的唇上，示意她“不必惊惶”。黛蕾丝走开了。

转眼间，被黛蕾丝跟踪的流浪人已离开广场，踏上了那头的一条小径。

他继续前进，走向一片垃圾场。也可能是这片垃圾场，使流浪人早晚都从老教堂旁的咖啡馆前经过，而不是他那“受到惊吓而并未泯灭的记忆”在起作用。后面，黛蕾丝将“开导”他的记忆。

［在到达这片垃圾场之前，我们看见他忽然兴致勃勃而又小心谨慎地走向一大堆旧报纸，那些报纸从满满的垃圾筒里漫了出来。

使人厌恶的是，大苍蝇在嗡嗡乱飞，流浪人抽出一张报纸，看了看，然后轻轻耸了耸肩，把它扔了。]

早上十点钟，可怕的、不断变化的、流动的、轻盈的光线凝固了下来，笼罩着平坦的郊野。那儿的草已经枯死，土壤被附近石油码头（在北郊）的化学物质所腐蚀，一些被抛得东一块西一块的金属碎片在闪闪发亮。

流浪人在这片千疮百孔的地方，还是发现了些东西：他漫不经心地在左边、右边拾起一些碎纸片。突然，他看见一本刊物，忙扑过去。

[早上十一点钟。流浪人走进一家收破烂的仓库的院子。他把麻袋里的东西倒了出来，有人给他过了秤，然后付给他二百三十五法郎。

他向外走。他走出院子。他与靠在栅栏边的

黛蕾丝相遇。流浪人再次认出她就是普托老教堂旁边咖啡馆的女老板。他穿过大街。黛蕾丝看他进入一家杂货店，拿出收购废纸的商人付给他的钱，买了一听沙丁鱼罐头、几只面包和一瓶矿泉水，并把这些东西放进原来装废纸的麻袋。]

［正午时分，强烈的太阳光线垂直照射。流浪人在“他的山坡”上，即瓦莱里安山上，在一条阴沟旁。他试着把掉进铁盖板下的一张报纸抽出来。他做得很有耐心，终于取出了报纸。可惜，报纸被撕坏了。这时他脸上出现了强烈而短暂的失望表情。]

［现在，流浪人真正显得疲倦了。已经一点多钟。他一直待在荒凉的瓦莱里安山的半山腰。]

他弯腰趋向一个洞口，从一堆木板下面小心翼翼地拿出一堆旧报纸，一张一张地仔细翻阅。

显然，没有一张如他的意。他把报纸扔下，脸上露出深深失望的细微表情。最后，他在洞底找到了某件“对他适合”的东西。突然，在阳光下，流浪人高声唱起了多尼采蒂作曲的《拉美莫尔的露契亚》。只见他拿着一本刚发现的画报。

[他坐在半山腰的树荫下，人们从那里可以看到巴黎城区。]

他把画报放在伸手能及的地方。

黛蕾丝站在他的旁边。他开始吃午饭。

从他吃饭到吃完饭的当口，连续闪现出使黛蕾丝激动的特写镜头。

——放在面包上的手；

——在阳光下眨动的眼睛；

——沾有少许沙丁鱼油的嘴角；

——在咀嚼沙丁鱼的牙齿，右眼的下睫毛有点脱落；

——鼻翼边的一颗痣；

——然后，突然出现活动着的两根手指上的月牙形指甲（他吃完了饭），他开始解开捆住报纸的绳索（他把那捆报纸放在膝盖上）。

［绳上有十个、十五个、二十个、二十五个结。我们只模糊地看见他的手指放在绳结上。这是一件没完没了、耗费精力的事。］

流浪人在解二十五个绳结。［而在他的旁边，有一把瑞士小刀或是童子军用的小刀（他曾用它打开了沙丁鱼罐头），在阳光下发出耀眼的光芒。］

黛蕾丝弯腰看着流浪人。［他在强烈的阳光下，面对着巴黎城，］他“解绳结的行动”是那样长，那样慢，那样令人难受，那样无休无止，不合逻辑，那样劳神费事，以至于黛蕾丝憋不住朝那把闪亮的小刀抬了抬下巴，突然发问。

黛蕾丝：“您何不把绳子割断呢？”

流浪人的脸上第一次，也许是全片中仅有的一次，露出急迫的表情，他抬眼望黛蕾丝。他狠狠地、无情地瞪她。

黛蕾丝像是为了表示歉意，连忙补充。

黛蕾丝："哪怕以后再把绳子重新结上呢……"

[然而，流浪人终于解完了绳结。

这一捆里面有许多报纸，许多期刊。他迅速地从中挑选，他的手显得异常灵活。

他把他不感兴趣的全都放在左边的草地上（都是些报纸），把感兴趣的东西放在右边（有报纸，有期刊）。

黛蕾丝被他迅速的动作迷住了。

黛蕾丝："您在挑选哪？"

流浪人没有回答这个不言而喻的问题。

他结束了第一步工作。

黛蕾丝抬起脚跟慢慢地蹲在他的前面。

流浪人把他右边的那堆报纸放到膝上，

进行第二次挑选。但他这次选择不那么顺当，每每犹豫不决。]

黛蕾丝蹲下后，同流浪人一般高。

黛蕾丝："您要卖掉这些东西吗？"

流浪人直愣愣地看着黛蕾丝。

流浪人："不全卖。（停了一会儿）问题就在这里。"

他重新挑选了好一会儿。然后，黛蕾丝做出了回应。

黛蕾丝："我明白了。"

她说最后这句话时，带有一种很自信的口吻，并谨慎地补充。

黛蕾丝："如果我知道怎样做，就能帮助您。"

流浪人很快回答她。

流浪人："啊，不行，不行。"

黛蕾丝坚持。

黛蕾丝："一点忙都帮不上吗？"
流浪人："啊，不行，一点忙都帮不上。"

然后，流浪人从他第二次挑选的那堆东西中抽出一本画报。

他把画报放在膝上。接着，他从几个口袋里（袋上系着带子）接二连三地拿出园艺剪、厨房剪、缝纫剪、指甲剪。他快速翻着画报前面几页。后来，他在有一张面部特写照片的那一页停下来。

流浪人用缝纫剪剪下了使他感兴趣的这

一页。接着，用指甲剪剪下这页上的一个男人的面部特写。而后，又以一种奇异的热情，剪后面画页上的手、广告、脸等的特写照片。

黛蕾丝看着流浪人工作。她继续进行已经开始的谈话。

黛蕾丝："我正过暑假，眼下很空闲……您瞧，我现在就闲得到处逛。"

流浪人："是的，我看见了。"

黛蕾丝再次坚持。

黛蕾丝："若能帮您一点忙，我将很高兴。您是否能告诉我您根据什么取舍，为什么要这张而不要那张……凭什么？根据什么？"

流浪人："啊……这得看情况而定……因此……"

黛蕾丝："您工作很忙。"

流浪人（简单地）：“很忙。”

他干完了他的工作。现在，他的左边、右边，除了那些剪下来的面部照片外，再没有其他东西了。他膝上的一本漂亮的画报，被剪得乱七八糟，成了一堆废纸。

他望着这堆画报。

他的脸上堆起愁容。

[流浪人：“太太……太太……”

他以一种绝望而强烈的口吻央告。

流浪人：“您不走吗？”]

注意：这场戏，我们惊奇地发现：流浪人真正而完全感兴趣的，只是他从事的这项剪纸活动。

流浪人的这项活动，自然“使黛蕾丝

心碎”。

同样，当他后来面对许多并不使他真正感兴趣的东西时，他自然将显得茫然、无精打采和“若有所失”。

切换镜头。

现在，老教堂旁边的咖啡馆重新开业了，虽然门前尚冷落。在屋里的吧台前，玛尔梯纳正提着告示牌上的细绳，把告示牌拿走，只见牌上写着：“八月三日至十八日停业。”

没有一位顾客。黛蕾丝在同两个人谈话，这两人身穿黑服，像是要去参加宗教仪式或上巴黎的农民似的。

事实上，也正是这两个理由，使这两位卢瓦尔河畔晓里欧村的村民身着黑服坐在这里：一位是六十岁左右的女人，另一位是诚实而具有外省人相貌的三十岁上下的男子。

黛蕾丝像“以前”那样，穿着非常讲

究。她的亲戚坐在后厅里的一张桌旁。她的脸上露出压抑不住的微笑。而她的晓里欧来的亲戚却愁容满面。黛蕾丝靠在吧台上，看着外面的露天座，眼里露出狂热的光芒。

整个气氛令人不安而又庄重。

黛蕾丝：“他不会迟到的。”

她走到后厅去，那儿有一个男人正在合上自动唱机的盖子。

装自动唱机的人：“我把这类唱片全都放进去了。一共八张。全是歌剧。”

黛蕾丝：“行。”

装自动唱机的人：“可是，您知道这些并不讨巧。”

黛蕾丝：“没关系……就这样吧。祝你假日愉快。”

那人走了。

流浪人惯常路过的时间临近了。

黛蕾丝在唱机旁。她放上一张唱片。然后一个职业歌手用意大利文唱的《塞维利亚的理发师》中“诽谤”那段响彻咖啡馆。

我们从门口往远处望去，发现流浪人正朝咖啡馆走来。（黛蕾丝一直看着他。）

音乐在空无一人的露天座回荡，流浪人被歌声吸引，他放慢脚步。现在，我们看见他的全身。他在音乐中向咖啡馆前进，步子非常缓慢。音乐仅仅对他发生了作用，对我们几乎毫无作用。然而，这乐声却使他不知所措。

他在咖啡馆门前，默然站定。黛蕾丝招呼他进屋。他点头致谢，进屋。

他进入屋内。

黛蕾丝走近他。

黛蕾丝：“要一杯新鲜的啤酒吗？”

他点头同意，可是他的那个表示，教人难以察觉。

黛蕾丝亲切地送走玛尔梯纳。

黛蕾丝：“现在你走吧，祝你暑假愉快，我的小玛尔梯纳。”

玛尔梯纳：“可是……”

黛蕾丝：“不，不……我觉得一切都很顺利……”

黛蕾丝让她的两位亲戚悄悄坐在后厅观察流浪人。他们兴致勃勃地审视他。

流浪人转身。背对着吧台里的黛蕾丝，全神贯注地听音乐。唱片放完了，无人说话。流浪人点点头，发表结论。

流浪人：“唱得好。”

他一点也不知道将有什么下文。在那儿，他仍是一副老样子，穿得窝窝囊囊的衣服，遮盖住了他的躯壳体态。他的神情天真无邪。

万物似乎中止了呼吸。一片寂静。人们一直在注视。黛蕾丝关上了门。流浪人察觉到了，他可能顿生惧意，但又立刻镇静下来。黛蕾丝的微笑，足以使人放心。有一位顾客想进来，敲敲门。黛蕾丝表示营业时间已过。现在，咖啡馆里就只有他们四人。

黛蕾丝走到流浪人跟前，亲切地邀他入座。

黛蕾丝：“您的啤酒……来，坐那儿吧。”

她从吧台端过一杯啤酒，放到后厅一张桌上。流浪人跟她进后厅。她又给流浪人一捆杂志，并示意他坐在与她的亲戚相对的那张桌旁。

黛蕾丝："瞧，我想到您了。"

流浪人没有道谢。他接过杂志，解开绳结，开始翻阅。

[这场戏要表现流浪人的行为。

他走进后厅，把自己的一捆东西放在桌上，凑近黛蕾丝给他的那捆杂志。

这场戏的前一部分，流浪人像到人家来做客的乖孩子，兴味十足地翻阅黛蕾丝给他的杂志，完全没有顾及节奏急促而狂烈的音乐。

后来，他的目光突然被自己的那捆东西吸引住了。他发觉那捆东西有些地方异常不整齐：

因为每一份《解放了的巴黎人报》第一版的报头都是向上叠好的，而且绳结就打在那上面。当他把那捆东西翻过来时，我们发现报纸全是那样折叠的。我们在影片中第二次看到他打开一个又一个绳结。

绳结很多，比上次还多，可能有三四十来个。况且边上有三个人在谈话，因而我们没有耐性看他解绳结。

流浪人却容不得半点马虎地把叠得不合规格的地方一一改正过来。

他把下面半摞报纸的报头全都朝上放好，又仔细放平上半摞报纸，把它们一一摞齐，然后清点数目（看来他要求上半摞报纸的数目与下半摞绝对相等），临了，他把报纸的报头翻过去，朝下放好。

这样重新摞过的结果是，你翻动那捆报纸，无论哪一边，我们看到的总只是报“屁股”了。

流浪人又耐心地捆扎，把原先解开的绳结一一重新打好，再把它端放在自己的面前。*]

---

* 我们这样表现，是说明流浪人做的这件事完全是他别出心裁自己想出来的，既无道理，又耗费精神；也说明他干起活来多么专注、多么有条不紊，跟工人干活相仿，不同之处只是我们看不出他这样做有何目的。

流浪人的姑妈一直在注视他，并竭力回忆。她看看他，垂下眼睑，然后又抬眼看他。

那位青年男子也一样，他在竭力回想童年时是否曾有人向他提到过这样一位叔叔。流浪人却只顾看杂志，根本没有注意到别的。

玻璃窗外，两位妇女看着店里的那两位注视着流浪人。

黛蕾丝与她老家来的亲戚坐到一张桌边。她转身看看翻阅杂志的流浪人。

黛蕾丝（悄声问）：“怎么样？”

阿丽丝（悄声答）：“我说不好。”

黛蕾丝突然扭头，向她的亲戚暗示，故意说些话给流浪人听听。

黛蕾丝激动地引出下面这段背诵式的对话。她故意提高嗓门。对话时，她一直注意流浪人的反应。然而他却孤零零地待在屋子中央，不停地翻阅杂志。

黛蕾丝："亲爱的阿丽丝，让·朗格洛瓦的身体怎么样？"

阿丽丝："让·朗格洛瓦身体很好。他妻子等你去度假哩。"

黛蕾丝："伊莎贝尔吗？是伊莎贝尔·朗格洛瓦吗？"

阿丽丝："是的，是伊莎贝尔·朗格洛瓦。"

谈话没有引起丝毫效果。流浪人在看杂志。

黛蕾丝："晓里欧，卢瓦河畔的晓里欧，村里还是老样子吗？码头呢？教堂呢？还有学校后面的那一大片沼泽地呢？"

流浪人继续翻阅杂志，但翻得很慢。其他人以急促的、探询的口气对话。三个人的眼睛都看着流浪人，流浪人却没有看他们。他们的口气渐渐带有一种使人受不了的挑逗性。他们想强迫流浪人回到自己的家园来，就像迫使一只野兽回到自己窝里一样。他们说得很露骨。

黛蕾丝（继续）：“伊莎贝尔·朗格洛瓦现在有几个孩子？因为，当阿拜尔在卢瓦河畔的晓里欧被抓走时，你记得吗？那是一九四四年六月。是在卢瓦河畔的晓里欧，那天早上，阿拜尔从伊莎贝尔·朗格洛瓦的家中被抓走。那时候，他的嫂子伊莎贝尔·朗格洛瓦有三个孩子。”

阿丽丝：“是的，德尼斯、乔杰特和马塞尔。”

黛蕾丝：“这是很久以前的事了，阿丽丝，很久很久了。有多久了？”

阿丽丝：“十六年了。（停顿片刻）伊莎贝尔后来又生了一个孩子，为了纪念孩子的叔叔，给孩子起名叫阿拜尔，因为在卢瓦河畔的晓里欧被抓走的那位叔叔叫阿拜尔·朗格洛瓦。”

[下面谈话差不多是喊叫出来的。]

马塞尔："是的，阿拜尔·朗格洛瓦是我的叔叔，他是在卢瓦河畔的晓里欧被法国警察抓走的。"

阿丽丝："是的，他是我的侄儿阿拜尔。我的侄儿阿拜尔在卢瓦河畔的晓里欧受到严刑拷打。"

黛蕾丝："是的，后来又被押送到曼恩-卢瓦尔省的昂热市，落到盖世太保手里。（声调很低）以后你还记得吗？一九四四年六月二十四日，他被监禁在弗雷讷；在一九四四年七月十四日，他又被押送到别处去了。"

语调变得平淡，像背书一般，又像在宣读一份寻找一九四四年失踪者的寻人启事。

阿丽丝："是的，从此跟他的朋友阿尔托·

甘比尼，还有两名英国飞行员，一起失踪了。”

马塞尔：“当他们被捕时，阿拜尔·朗格洛瓦正设法护送他们去布列塔尼。”

阿丽丝：“他甚至得过勋章，阿拜尔·朗格洛瓦这位英雄，英雄阿拜尔·朗格洛瓦得过勋章。”

黛蕾丝：“是他的妻子代他接受了勋章：一九四六年八月二十四日，在荣军院，一些高级人士把阿拜尔·朗格洛瓦的勋章，授给了他的妻子黛蕾丝·朗格洛瓦。”

马塞尔：“一九三六年，黛蕾丝·朗格洛瓦同她的父母来到晓里欧的时候，她叫黛蕾莎·甘比尼。”

黛蕾丝：“她后来又结婚了吗？阿拜尔·朗格洛瓦的妻子黛蕾丝自从她的丈夫在卢瓦河畔的晓里欧被捕之后，又结婚了吗？”

黛蕾丝的语气中充满自豪，以后越来越温和，声音也越来越低。

阿丽丝："没有，黛蕾丝·朗格洛瓦一直没有改嫁。"

黛蕾丝："一直没有改嫁。"

马塞尔："一直没有。"

黛蕾丝："确实没有。她仍在巴黎。黛蕾丝·朗格洛瓦一直在巴黎。她继续在巴黎郊区的普托经营她的生意。暑假中，她回到卢瓦河畔的晓里欧去。但其余的时间，她待在巴黎。黛蕾丝·朗格洛瓦在巴黎。"

一片沉寂。他们在等待。流浪人在听。当他们中断谈话时，他就转身对他们微笑。他的微笑非常柔和、模糊、令人捉摸不透。

他之所以在听，大概是因为他们谈话声音很高。他听到他们谈话的声音太吵人。他感到惶惶不安。他是一个怕听别人喊叫的人。

然后，他突然收起方才拿出来的剪子，走了。

他走了。黛蕾丝的两位亲戚有点像演完戏的演员，大大地松了口气。

［可能还有些人在咖啡馆的玻璃窗外面。］

黛蕾丝·朗格洛瓦满脸喜色。

黛蕾丝：“是他，不是吗？”

他们三人紧靠吧台站着。

阿丽丝的声音重新变得自然、温和而诚恳。

阿丽丝：“黛蕾丝，我的孩子，我老了……你的丈夫阿拜尔·朗格洛瓦，我对他很熟悉……我是看着他出生的……（她设法阐明自己的观点）看着他长大……我认识他，比你早二十五年。（停顿片刻）你懂吗？我没有像你那样被爱情蒙住了眼睛。所以，黛蕾丝，我不会弄错的。”

黛蕾丝没有回答，她仍然喜气洋洋。

阿丽丝（继续讲）：“当一个人爱上谁的时候，就常说，其实有点信口胡说，说什么唯有她才最熟悉自己的心上人。黛蕾丝，我的看法正好相反。刚才我把那个人仔仔细细地看了一番，着实看了半天，所以现在可以说……”

自信的黛蕾丝，几乎听不进别人的话。她走到唱机前，放上一张唱片。这是多尼采蒂所作的歌剧《爱的甘醇》中的咏叹调《偷洒一滴泪》。

她又转身回到阿丽丝跟前。

黛蕾丝（非常愉快地）：“他的眼睛，阿丽丝。你也是从他的眼睛认出他来的吗？”

阿丽丝（道出真话，像晴天霹雳一样）：“不。”

黛蕾丝：“那你从哪一点上认出来的呢？”

阿丽丝：“我认为他根本不是。”

黛蕾丝激动起来，她终于明白了。她猛然站起来，走开了。

阿丽丝："回来，黛蕾丝……你说到眼睛……就说眼睛吧，阿拜尔的眼睛发暗。"

黛蕾丝（怒气冲冲地）："不老是那样。"

阿丽丝："不，老是那样的。"

黛蕾丝（叫喊）："不对。"

阿丽丝（固执而平静地）："就是！"

沉默。阿丽丝企图打破这种局面。她仍然平静地再次发表否定意见。

阿丽丝："好吧……那么身材呢，黛蕾丝？朗格洛瓦家的人固然都是大个儿，但阿拜尔却没有这样高……"

黛蕾丝打断了阿丽丝的话，似乎她掌握

了确凿证据。

黛蕾丝：“身材？这我知道。我的头顶正好齐他的嘴角……一点不错……他是晓里欧最高的人……这，我知道……我的头顶……”

阿丽丝也打断了她的话。

阿丽丝：“同那个人比呢？”
黛蕾丝：“一样。”

她得意洋洋地撒谎。但，她是在撒谎吗？不，她是知道底细的。

她们彼此都听不进对方的话。

阿丽丝的目光转向唱机。

阿丽丝（有点不耐烦）：“可是，黛蕾丝……你跟我们说过，他总在唱那些歌剧。这又怎么说呢？他是怎样学会的？你应记得，当收音机播送乐曲的时候，阿拜尔他……”

黛蕾丝俏皮地笑了。她早已料到会提出这个问题。

黛蕾丝（调皮而温和地）：“我的堂兄阿尔托·甘比尼呢？你把阿尔托想成什么了？他俩一起关在集中营里。难道阿尔托会不哼哼歌剧？”

阿丽丝无言以对。黛蕾丝倒突然灵感大发，她找到了支持她的“有力论据”。

黛蕾丝：“再说，你看，近半个月来为什么他天天都路过这里，偏偏路过这里？”

阿丽丝：“是呀，为什么？”

黛蕾丝：“因为这里曾是他的家，我们的家。”

阿丽丝（依此推理）：“好，那为什么过去十六年中从未来过呢？”

黛蕾丝：“因为他的记忆现在正在恢复。

［是他的记忆领他来这儿的。（加重语气）正如凶手有时要三十年后才回到他们犯罪的场所一样，但是，他们总要回去的。我知道是他，阿丽丝，我知道是他。］”

阿丽丝：“你怎么知道？”

黛蕾丝（很郑重地）：“我知道，就像我呼吸一样。因为我也曾经把他忘掉过。”

待在吧台那一头一直没有言语的马塞尔插话。

马塞尔：“可是，黛蕾丝，他不是有证件吗？”

黛蕾丝：“当然。但上面不是他的名字，因为直到现在，他都忘了自己叫什么。”

马塞尔：“他是怎样得到这些证件的？”

黛蕾丝：“你想，他干的这行，哪儿捡不到证件……”

阿丽丝变得相当温和。

阿丽丝："黛蕾丝，你头脑得清醒。可能，我不能相信，但也可能他就是过去的阿拜尔·朗格洛瓦。可是现在，黛蕾丝，现在你也看到了，这是什么人哪？"

黛蕾丝喜形于色，从吧台后面拿出一瓶香槟酒，以共同庆祝这些意外的新发现。她的动作干净利索。

黛蕾丝："阿丽丝，既然就是他，那就没错……"

阿丽丝看着黛蕾丝，感到惊讶。她明白自己再反对也没有用，那是枉费唇舌，况且也有失体统。

这个时刻应该显得格外温情脉脉，格外严肃。

阿丽丝和马塞尔乘小型有篷运货车走了。黄昏开始到来，他们俩都愁眉不展。

马塞尔：“反正……你说……你没有认出他来……”

阿丽丝：“我记忆中的那个人是那么不同，但你要知道……那么些年没有见过……还能认出什么呀……”

马塞尔：“他明明姓朗德嘛，据她说，叫罗贝尔·朗德，不是吗？……这总能打听明白的。”

阿丽丝：“总能打听到的。如果真是他，像他现在这副模样……啊！太吓人了！”

［第二天黎明，黛蕾丝走出咖啡馆，她夹着一捆杂志，这是流浪人头天忘记带走的。

她穿过广场，踏上滨河路，那儿几乎没有车辆和行人。

太阳从塞纳河上升起时，她正穿过圣日耳曼区，向流浪人的小棚屋走去。]

她到达小棚屋，等待流浪人出来。

流浪人出来了。他看见了黛蕾丝。现在似乎可以肯定，眼前站着的就是阿拜尔·朗格洛瓦。看到这个女人在这里，他一点也不惊讶。

她把一叠“图片”递给他。

黛蕾丝：“您忘了拿走这个。”
流浪人：“忘了。”

黛蕾丝犹豫了一下，然后微笑。

黛蕾丝：“昨天，您走得好匆忙。”
流浪人：“是啊，昨天……”

他并没有努力去回忆。

黛蕾丝总是微笑，竭力做出自然的样子看着他。

黛蕾丝："是呀……当时我们家的人也在……咖啡馆里……您走得那样匆忙……"

黛蕾丝不等他回答，把一摞报纸送到他跟前。他一面伸手来接，一面讷讷说话。

流浪人："家……嗯，当时很晚了。"

他接过报刊。当他把报刊抓到手里的时候，眼睛里流露出真正的满意。

他把那捆东西放在他的盒子上，然后郑重其事地拿出剪刀。

黛蕾丝站在他旁边，显然既胆战心惊又充满爱怜。最终，她说话了。

黛蕾丝："杂志，不过是一个借口。我之所以来，是因为我有话对您说。"

她仿佛变年轻了。

流浪人："有话对我说？"

他抬眼看着黛蕾丝，神情既平静又淡漠，令人捉摸不透。

黛蕾丝："我要说的是，您使我想起一个人。"

流浪人："一个人。"

他垂下眼睑。天这么热，他又穿得那样多，他低头坐下时，我们看不见他露出一点身体。

黛蕾丝："我认识的一个人。好些年了。后

来我再也没有见到他，一直没有再见到。（停顿片刻）您没法知道您哪一点使我想起他来。”

她镇静下来了。流浪人向自己的周围看了看，又抬头对着黛蕾丝。但她，这次却没有看他。

流浪人：“我能帮您什么忙吗？”

黛蕾丝以一种失望、温柔和央求的口气说话。

黛蕾丝：“我不知道。（沉静良久）您可以不时地上我那儿去……（停顿）经常见见面。（停顿）有时候一起吃点东西……（停顿）您愿意的话……咱们可以谈谈……就像这样谈谈。（停顿）咱们也可以一起听听音乐。（停顿）您……”（她突然不说了）

流浪人：“问题是我太忙。”

黛蕾丝："我知道。但饭总是要吃的吧……在您这儿吃还是上我那儿去吃……都花费不了您多少工夫的。您不这么认为吗？"

黛蕾丝向流浪人亲切地微笑。他没有回答。黛蕾丝又说了一遍，她显得很兴奋，始终沉醉在柔情中。

黛蕾丝："您不这么认为吗？"

流浪人站起来。他们像夫妻那样面对面站着。

流浪人："我不明白。"

黛蕾丝笑了，他也笑了。我们看见他的牙齿"仍是老样子"。

黛蕾丝："我早就有这个想法，奇怪的

想法。”

流浪人：“是呀，挺奇怪。”

黛蕾丝：“滑稽之至……”

他笑了，因为她在笑。这个男人那样天真，所以他“看见”别人高兴，他也就高兴。他像一面镜子。

黛蕾丝：“您同意的话，我会很高兴的。”

这时，流浪人做了一个难以形容的动作，他的那双手不知放到哪里去才好。

流浪人：“很高兴……”（口气像孩子，她的话使他高兴）

黛蕾丝：“是的。”

她已采用适合流浪人的逻辑，这种逻辑如此特殊，已不符合常人行为的逻辑。

黛蕾丝："那么……您来，是吗？就像您路过那儿一样……这对您是方便的……这两天，您哪天晚上来……"

流浪人："是的……是的……哪天晚上……我来……"

我们又看见黛蕾丝·朗格洛瓦在她的厨房里。厨房的门对着教堂，同吧台挨着。不用说，这已是第二天晚上了。[最后，她摆好桌子，布置得简朴而隆重。桌上有两副餐具。桌布是白色的。

这是乡下家庭主妇浆洗干净的那种白色。

在这个场景开始时，我们可以看到黛蕾丝打开了一个柜子，露出了这样的白色。

桌子一摆好，] 她就坐到桌子前等着。她空等了一场。

现在，她手里拎着包回到咖啡馆。

我们看见她包里露出面包。

皮埃尔在她身边。他们俩待在门口。黛蕾丝的一只手扶着门把手。

他们继续进行已经开始的对话。皮埃尔显得心事重重。

皮埃尔："这事，我不信！"

黛蕾丝："你知道，我一闭上眼睛，他就出现在我面前……"

她当真闭上了眼睛，继续闭着。

黛蕾丝："就像以前一样，就像我们没有分手前一样。他那么温柔体贴。[他是多么与众不同呀。世界上没有谁像他那样。] 我们那时候相爱之深，你哪能知道？今天这无价之宝就在我跟前。”

停了一会儿。

[皮埃尔：“他，他不想再认你呀。”

黛蕾丝：“不，他会认我的。”

皮埃尔：“谁说他还会认你？”

黛蕾丝做了个肯定的手势。

黛蕾丝：“其实，你没有明白：他之所以路过这里，就是为了来寻找我，寻找他的记忆呀。”]

[沉静良久。]

皮埃尔：“黛蕾丝……你还度不度假……我不用开车带你去了吗？咱俩的缘分就算完了？”

她看着他，就像看一个陌生人。她点了

点头，然后走进咖啡馆，轻轻地把他关在门外。

晚上八点半。黛蕾丝再次在厨房等待“阿拜尔·朗格洛瓦”，她听到远处的歌声。她站起来，在咖啡馆里倾听流浪人的脚步声。夜幕垂空，流浪人的身影掠过橱窗。黛蕾丝走到门口，流浪人也同时到来。她给他开门。流浪人进入屋内。他的衣服仍然像原来一样，毫无变化。他的胡子既不比平时长，也不比平时短。[一个装废纸的粗麻袋搭在肩上；手里提着一捆贵重的《解放了的巴黎人报》；背上还有一只没有露出来的背包，里面装有珍贵的财富：从彩色画报上剪下来的一堆人脸。]

她又惊又喜，这充分表现出她对流浪人一往情深；此外，没有其他的惊异。写着“八月三日至十八日停业”的告示牌在那儿。

像往常那样，流浪人只向黛蕾丝微微点

头致意。与此同时，黛蕾丝也向他微微致意。

她带他朝厨房走去，自从发出邀请以来，那儿始终为流浪人布置好了一张桌子。

整个房间沉浸在柔和、宜人、宁静、舒适的灯光中。

流浪人跟着黛蕾丝，但他不知不觉放慢脚步，落在黛蕾丝的后面，因为他渐渐发现了一些东西：摆好了的桌子的一角［折叠整齐的餐巾放在玻璃杯里，好比乡下人过节一样］；

［尤其是为阿拜尔预备的那张伏尔泰椅：那是一张藤椅，上面放着一个绣花坐垫，四角用细绳固定在四条椅腿上。］

应该说，这个如此简朴的场面用意却非常明确，使人一下就明白：为流浪人在暗淡的灯光下安置这张带软垫的椅子，好让他一旦坐上去之后，就会永远放弃冒着烈日到河边去干那种没完没了、繁重紧张的营生了。

阿拜尔的脸上却露出惧意。他脚穿草绳编成底的帆布鞋，那双脚在原地转了半圈。他企图说明。

流浪人："这地方……小了点儿……"

这时，黛蕾丝转身看着他，又看看布置好的桌子。为了留住他，黛蕾丝指着咖啡馆宽大的后厅问他。

黛蕾丝："您喜欢在那儿吃饭？"

流浪人站住，表示同意。

黛蕾丝："那就上那儿去吧。"

紧接着，我们就看见流浪人在后厅里的一条长凳上坐下。他脱下帽子。

有人从门口经过。有几位附近的居民正

从窗外往里瞧，注视着里面的一举一动。

一位妇女：“怎么啦？”

费尔南：“他们在用餐。”

一位妇女：“她请他吃晚饭？”

费尔南：“是的，一顿正经八百的晚饭。”

咖啡馆里，流浪人已摘掉帽子。从正面看，他头上还有些头发，但已灰白，短而干枯，像灰白的稻草。

晚饭接近尾声。

流浪人的动作很得体。黛蕾丝凝视着他的手。

她站着，为他添菜斟酒。她侍候的这个男人，过去是属于她的，是不能转让的。

我们只听到他刀叉发出声响。

在黛蕾丝跟前，“阿拜尔”却丝毫没有利用自身地位的表现。他根本没有在这从天而降的安乐窝里安居下来的打算。他住在哪里都一样。

他们的每一对答之间，都有很长的停顿。

流浪人：“真好吃，您不吃吗？”
黛蕾丝：“啊，我饭量很小……”

她从一张放餐具的小桌上端起一个干净的盘子，放上干酪。

屋里很静。

我们只听到一种“声音”：妻子侍候丈夫“用餐”的声音：因回忆而感到“有罪”的妻子在侍候天真的丈夫用餐的声音。

黛蕾丝：“您喜欢吃干酪？”
流浪人：“是的，很喜欢……我吃了不少。”

他在吃一片薄薄的干酪。

她用一种难以形容的口吻说话。

黛蕾丝：“吃东西方面，您有偏爱吗？”

他费劲地想回答。她等待着。她认为她知道他偏爱什么样的干酪，至少，她自以为是知道的。她再次等待着，强烈希望他记忆中的“本能的”东西受到启发。

流浪人：“等一等，是的……肯定有所偏爱……您等我想想……”

但他说不上来，什么也没有说。她在一边帮他回忆，她一再讨人喜欢地给他提示，说了一种卢瓦尔出产的干酪的名称（这是臆想出来的）。

黛蕾丝：“也许叫曼恩干酪吧？”

流浪人：“啊，没错！曼恩干酪。（停顿片刻，做了个手势）很酸的。”

她说出这种干酪的名称，他并不奇怪，对她的这一非同小可的发现，他根本不在乎。他只顾吃他的干酪。她给他倒了一杯酒。

黛蕾丝："在巴黎，不是不可能找到曼恩干酪，这是有季节性的。那边的副食店一来了货，咱们就能买到了。"

流浪人："那边的……"

黛蕾丝："是的，是的，从曼恩-卢瓦尔来货的。曼恩干酪是曼恩-卢瓦尔出产的一种干酪，是夏天吃的。"

流浪人："曼恩干酪是夏天吃的吗？"

他可能有点弄糊涂了，不过只是一点点，稍微一点点。

流浪人："我还不知道呢。"

黛蕾丝的口气仍然不变，她几乎成了善于敷衍的人了。

黛蕾丝：“不过，我也可能记错……”

他们相视而笑。黛蕾丝又回到干酪的话题上来。

黛蕾丝：“就是咱们说的那种。”

流浪人表示怀疑。

流浪人：“啊，我刚才还以为，还以为……”

她等他说下去，可是没等来后面的话。

黛蕾丝：“您好久没吃到这种干酪了吧？”
流浪人：“是啊……一定很久了。”

他继续吃干酪，黛蕾丝显得非常温柔。

黛蕾丝：“您不记得了？”

流浪人：“唉，不记得了。我丧失了记忆。”（这话他说得像请求原谅似的。）

黛蕾丝：“啊，我还不知道呢。”

她“不知不觉地”撒了谎。

流浪人始终像请求原谅似的。

流浪人：“德国……”

黛蕾丝：“您被押送到集中营了？”

流浪人：“是的。这是别人后来告诉我的……但饮食方面的爱好，我是记得的。”

他这些话尽量说得轻声细语。

她拿起酒瓶给他斟酒，给自己斟酒。然后又给他端上干酪。他点着头，接了过去。他的出现奇妙地造成一种有点拘束的气氛。

他们有一搭没一搭地交谈着。她竭力控制住自己激动的情感。

[黛蕾丝:“在失去记忆之前……”

她忽然不说了。

他抬起头,等她说下去。

黛蕾丝:“您一定吃过不少苦头吧?”

他奇怪地,然而有礼貌地看着她。

流浪人:“就是说,只是我现在记不起来了,是吗?”

黛蕾丝接着说。

黛蕾丝:“是的。](停顿片刻)那么,有人告诉您在德国的遭遇吗?”

流浪人："啊，是的，有人告诉我了。"

就像他有时表现的那样，他情绪低落了；就像在他的塞纳河畔狭小的栖身之地一样，他几乎有点还没睡醒的样子。他一声不吭地吃着东西，神态木然。［也许是黛蕾丝给了他一些好烟。］他使劲儿地吸着烟。可能是他吃多了，或许是黛蕾丝让他喝多了，而他平时吃得很少。黛蕾丝再次利用了他这种昏昏然的精神状态。

黛蕾丝："但您开始有记忆的那一瞬间，您还记得吗？"

他皱皱眉头，突然紧缩身子，显得像个老人。

流浪人："什么瞬间？"

黛蕾丝："就是您丧失记忆以后所能想得起

来的第一件事。”

流浪人：“啊，是的……是的，那是在一片庄稼地里，有一堆灌木丛（比划了一下），圆乎乎的，纹丝不动。周围静极了，没有人。我分明记得，那是白天。这已是很久以前的事了。”

黛蕾丝加强了语气，喊出声来，但她的声音很低沉，流浪人并没有听见。

黛蕾丝：“但当时呢？当时您感到怎样？”

流浪人没有回答。他毫不惊讶，他根本不惊讶。黛蕾丝继续说。

黛蕾丝：“这很难得，是吗？我想问的是，当您发现自己在一片陌生的田野里，您有什么反应呢？”

他垂下眼睑，陷入沉思。

黛蕾丝激动起来，但始终控制住自己。

黛蕾丝："您感到奇怪吗？"

流浪人："啊……不。我站起来，开始走……就是这样。我站起来，我走，就是这样。"（停顿片刻）

黛蕾丝："可是，您说到了灌木丛，田野，太阳。您以前见过……这类东西么？"

流浪人："那我怎么知道？"

黛蕾丝："后来又怎么样？您刚才说，您站起来，走，后来呢？"

流浪人："啊……是的……我站起来，走，后来头有点疼（比划了一下）。就这样。"

黛蕾丝完全恢复了镇静。怎样深入下去呢？怎样才能引他谈得更深呢？

黛蕾丝："您愿意听音乐吗？"

流浪人："嗯，好吧，听音乐。"

他微笑。

两人都坐在唱机前面。

他们坐在两张椅子上，面对着唱机。完全像坐在戏院里一样。他们在听歌剧《塞维利亚的理发师》中阿尔玛维瓦唱的小夜曲。

空荡荡的咖啡馆。只有唱机上的灯光闪耀着。

他们在听罗西尼作的曲子。

当唱片放完时，流浪人在唱机前唱了起来。黛蕾丝非常严肃地听他唱，而她脸上流露出一种痛苦的表情。

黛蕾丝再次起身，她开了电灯，走到吧台后面，拿出一瓶早已准备好的香槟酒。她几乎笑起来。

黛蕾丝：“咱们来喝点香槟。”

流浪人惊喜地“啊”了一声，他感到不

知所措。

黛蕾丝："偶尔喝点，有什么不可以？"

光线从天花板上射下来，他俩沉浸在这片不相宜的灯光中。黛蕾丝站在吧台后面，向杯中斟酒。

在咖啡馆附近，已经聚集了好些人。

退休者："我知道，她没有把握。那身架……那一举一动……还有那说话的声音，她都在掂量。"

费尔南："如果流浪人记不起她，那她认出他来有什么用呢？"

退休者："但是您设身处地为她想想。您要知道她收到的死亡通知书，我也见到过，我当时就觉得那上面说得不清楚。"

黛蕾丝："这一定很不寻常（十分注意用语），您刚才说的那事……（停了一下），您说丧失了记忆（停了一下），就像这类事……您全都不记得了，是不是？"

流浪人："是的，全都不记得了。不过，您知道……"（他没有说下去，那语气很谦卑，好像要说："我丧失记忆，您是知道的。"）

黛蕾丝说话的语气就像对他倾诉爱情似的。

黛蕾丝："任何事情……真的，任何事情都不记得了？"

流浪人微笑，并轻轻地点了点头。她继续说。

黛蕾丝："任何人……哪怕一个人您都不记得了……"

他微笑，又很轻微地点了点头。

黛蕾丝突然绕过吧台，朝流浪人走来。她一下站住，对他大声而挑衅似的说话。

黛蕾丝：“要是有人建议您追回失去的记忆呢？要是有种方法能使您恢复记忆呢？要是有一项新发明能使您忽然获得您失去的一切呢？”

流浪人后退了一步。

流浪人（低声地）：“我不明白。”

黛蕾丝竭力喊叫，要求他，恳请他。

黛蕾丝：“忽然一下子涌出三倍、甚至几十倍的往事……”

流浪人又退了一步。

黛蕾丝："也许，您以前有家有业……有好几幢王宫般的住宅……有天下最好的朋友……有个温暖的家庭……（停顿良久）

声音变得很低很低。

"有个妻子……唯一的妻子……她可能同样经历了各种磨难……谁知道呢？也许您到过不少地方？到过天涯海角……那么，您为什么硬要把这一切拒之门外呢？完美的生活，您只要一回头便能得到……您为什么偏偏不要呢？"

流浪人仍然后退。也许为了找他的帽子吧？他说话声音很低，好像害怕似的。

流浪人："我没有不要什么呀。"

黛蕾丝走去坐到后厅里的长凳上。她显

得疲乏不堪。流浪人上前走了一步，他显得沉静，但仍是一副懵然不知的样子。黛蕾丝说话的声音很低，非常低。她已恢复了平静。

黛蕾丝："对不起。"

他没有回答。

黛蕾丝："我只是想说（声调一直很低，而且有气无力），您要是多努一把力，您也许能想起更多的事，不止您方才说的田野……太阳……灌木丛……也许您肯再试试……"

我们可想而知，在这一点上，流浪人会一如既往地教她失望的。

流浪人："我怎么努力，怎么试呀？"

黛蕾丝终于又暴躁起来。

黛蕾丝："没有人说您装疯卖傻吧？"

流浪人微笑着答话了，好像受到吹捧似的。

流浪人："没有……噢，有人说过……在警察局。不过我根本不信。"

黛蕾丝改变语气，说得婉转而煞有介事。

黛蕾丝："我还是那个意思，就是说，倘若过去您当真很幸福，那么，今天回忆起来，您会觉得很痛快的……"

流浪人："幸福。过去。"

黛蕾丝："是的，为什么不是呢？"

他沉思，重复黛蕾丝的话，但说得很空洞，很干巴。

流浪人："可能吧。谁知道呢？哎！幸福……过去……"

黛蕾丝避开了他这部分谈话。

黛蕾丝："有关您的记忆力问题，大夫们对您讲过什么吗？告诉我！"

流浪人："讲过。他们说，他们也不知道。"

黛蕾丝像疯了似的一再追问，她失去理智了。

黛蕾丝："他们没有给您一点希望吗？没有说哪天您可能恢复记忆吗？……一点希望都没有？"

流浪人："我不知道。"

她的眼睛里明显噙着泪水，但出于面

子，她仍然笑着，又到唱机前去放了一张唱片。为了结束这种失去理智的谈话，她改变了话题。

黛蕾丝：“跳舞，您还记得吗？”

流浪人：“跳舞，跳舞……（高兴地）也许还行。”

她开始向他伸出手臂。

黛蕾丝：“跳一个，好吗？”

流浪人向黛蕾丝走去。他们开始跳舞。他们跳舞。

他跳得很好。黛蕾丝很得体地依偎着他。她既沉浸在幸福中，又充满了希望。她一边跳，一边端详他的侧面，耳朵和头发。她非常激动，然而话却简单。

黛蕾丝："感谢您的光临。"

她小心翼翼，但同时又控制不住自己的感情，渐渐地，她用手轻轻抚摸流浪人的头。这一动作持续了很久。后来，她摸到了他头上一个垂直的大伤疤。她的手停住了，一动也不动。

流浪人转动身子，背对着后厅板壁上的一面镶有黑框的镜子。黛蕾丝从镜子里看到了那个伤疤。这个头上有疤的人，像幢炸坏的房屋，虽然还没有倒塌，但已毁坏得难以修复了。然而，他对生存仍抱有美丽的憧憬。他记不得自己头上有这么一个伤疤吗？对着镜子里的伤疤，黛蕾丝呆住了。她停止了跳舞。流浪人对她中断跳舞感到惊讶。他回过头去，想看看黛蕾丝在看什么。可是，他在镜中看到的只是他自己的脸。

这时黛蕾丝又说了一遍。

黛蕾丝："感谢您的光临。"

她伏在这个有伤疤的头上，哭了。

但流浪人并没有察觉。他们又开始跳舞了。他专心而使劲地跳着，像个年轻人。黛蕾丝非常合拍地伴随着他的舞步。

黛蕾丝："瞧，您跳得多好。"

流浪人："哦，您真是一个客气的女人。"

黛蕾丝知道，这算完了。流浪人将永远认不出她了。她仍然问他，但完全等于问自己。

黛蕾丝："一个女人？难道您不记得您曾经有过一个女人吗？您爱过的？"

流浪人做了一个否定的表示。

黛蕾丝："有一回，您在远离巴黎的地方，

订了婚，不记得了吗？”

流浪人再次做了个否定的表示。

黛蕾丝：“后来，您就同一位名叫黛蕾丝·朗格洛瓦的女人结了婚，您不记得了吗？在晓里欧？在卢瓦尔河畔的晓里欧？”

他又做了个表示，这动作几乎让人看不出来，意思却是明显的：不记得。

华尔兹唱片结束了。

黛蕾丝：“瞧，您跳得很不错。”

不知是什么原因，或许是她第一次使他激动了，他并没有坐下，而是看着她。

流浪人：“啊呀，您太客气了，真的。”

黛蕾丝：“不，不，不是的。（停了一下）

我已告诉您了。您使我想起了几年前我认识的一个人。”

流浪人：“后来您再没有见到他？”

黛蕾丝：“没有。一个我很爱的人……”

她坐在一张椅子上。满腹心事使她筋疲力尽。流浪人站在厅的中央。

流浪人：“这是很伤心的。”

她简单地回答。

黛蕾丝：“是呀。”

他们面对面站着。黛蕾丝再次追问。

黛蕾丝：“关于您的记忆，人家说了些什么？是不是说过，总有一天……您能忽然恢复记忆？”

流浪人："啊，您哭了。"

黛蕾丝："是吗？"

她笑了。流浪人放心了。但他不再回答问题。

流浪人："啊！"

咖啡馆里，只有他们俩。流浪人没有坐下。这时远处的摆钟响了。他拿起帽子。

黛蕾丝："您要走了吗？

他表示要走。

他向黛蕾丝伸出手。她握住他的手。他们像世上所有的人那样握手。她不再哭，但更感难受了。他们彼此一句话也不说。他向外走。她看着他没戴帽子的头，被击伤的头，渐渐远去。她打开了门，他就在她的前面。他头上的巨大伤疤就在她眼前。在这世界上，她眼睛里只有“活着的先夫”，其他一概看不见了。

流浪人戴上帽子。他走到由咖啡馆的灯光照亮的人行道上。看他向远处走去，人们停止了谈话。大家像看圣人一样看他走过去。黛蕾丝靠在咖啡馆的玻璃窗上，同样注视着他。

广场上的人都静止不动，只有流浪人在动，在走。

那边站着一名警察。流浪人看见他，赶紧转身，绕到教堂那边去。大伙儿的目光追随着他。当他走到广场中央，快要走开的时候，黛蕾丝终于叫他了，喊出他的名字，喊出她一直不敢喊的名字。她呼喊名字。起初，她害怕地、很不自在地喊。

黛蕾丝：“阿拜尔……阿拜尔……阿拜尔·朗格洛瓦。”

流浪人没有回头，没有看她。行人停步注视他，他的腿感到发僵，步子缓慢了，但仍向前走着。

黛蕾丝又开始喊，连续不断地喊。他仍没有回头，因为从来没有人这样招呼过他，他怎么知道叫的就是他呢？

他没有回头。

黛蕾丝继续叫喊他的名字，引得在场的人们都帮她喊。

众人：“阿拜尔·朗格洛瓦！阿拜尔·朗格洛瓦！”

大家都在看着。在黛蕾丝和流浪人之间的闲人当中，有人接替黛蕾丝叫喊。但他没有听见近乎发狂的妻子的喊声。有位“顾客”与他擦肩而过，回头叫他。

众人："阿拜尔·朗格洛瓦，有人叫您。阿拜尔·朗格洛瓦！"

黛蕾丝（吼叫）："阿拜尔·朗格洛瓦！"

这时，我们看见阿拜尔·朗格洛瓦转身。[他一松手，手里几捆东西软绵绵地掉在地上。] 在沉沉黑夜里，他缓慢地、异常缓慢地举起双手，就像一个被判处死刑的人。

人们停止叫喊。黛蕾丝沉默了。阿拜尔·朗格洛瓦仍然举着双手，他完全僵住了，像等候枪决一样。他在等候。一扇窗户里的灯光照着他。我们看见他的眼睛，他那难以言状的激动的表情。

由于他所等待的枪决并未发生，他是否又产生了希望呢？

突然，他拼命地朝塞纳河边逃去 [并把他的生活用品、他所有的杂志报纸都丢在地上]。

一些旁观者去追他。

黛蕾丝立在原地未动。

远处传来汽车刹车声。

是末班车吗？

所有的人都向不绝于耳的刹车声赶去，只有黛蕾丝没有动弹，她靠在咖啡馆外的玻璃窗上，面对着一片空无人迹的广场。

最后传来汽车碰撞声，或者是某件重物撞到了河边一个人的身上，或者是黛蕾丝撞倒了哪样东西。

黛蕾丝在咖啡馆里，河岸那边围了一圈人。但是黛蕾丝没有看见。她这里一切都很平静。

皮埃尔回来了。他在黑暗中呼唤黛蕾丝。黛蕾丝从吧台后面出现，站着不动。

皮埃尔：“黛蕾丝，黛蕾丝……不要紧，不

要紧。”（停顿）

黛蕾丝：“不要紧？”

皮埃尔：“是的，没事儿。”

黛蕾丝神情恍惚，焦躁地问。

黛蕾丝：“那么，他在哪儿？”

皮埃尔：“走了。”

黛蕾丝顿时现出一副难以言状的沮丧的表情。

黛蕾丝：“他会回来的。”

皮埃尔：“别惦着了。你知道，不会有结果的。”

黛蕾丝根本没有听见。况且，对她来说，今后，一切与她心愿不符的东西，她都不承认。她像看陌生人一样看着皮埃尔。她竭力表明一种态度。

黛蕾丝：“应该用别的方法试试。也许要更有点耐心。也许要凶一点。你说呢？”（沉默良久）

皮埃尔不答，黛蕾丝并不在乎。

她的语气渐渐恢复自然。

她绕过吧台，像在清点流浪人刚才留下的痕迹。

黛蕾丝：“是呀，再过些日子，冬天来了，天气冷了，他或许就回来了……夏天，这个季节不好……”（沉默）

黛蕾丝：“而冬天……山穷水尽……他没有地方可去……夏天……他们（指流浪汉）自在得多……得等到冬天……等到冬天……”

银幕出现“完”字，而黛蕾丝的话音犹喃喃未断。

Marguerite Duras
Gérard Jarlot
Une aussi longue absence

图字：09－2007－639 号

图书在版编目（CIP）数据

长别离 /（法）玛格丽特·杜拉斯，（法）热拉尔·雅尔洛著；陈景亮译. -- 上海：上海译文出版社，2025. 5. -- ISBN 978-7-5327-9877-3

Ⅰ. I565. 45

中国国家版本馆 CIP 数据核字第 20252346YW 号

长别离 Une aussi longue absence	玛格丽特·杜拉斯 热拉尔·雅尔洛 著 陈景亮 译	责任编辑	周　冉
		装帧设计	汐和 at compus studio
		封面插画	boho

上海译文出版社有限公司出版、发行
网址：www. yiwen. com. cn
201101　上海市闵行区号景路 159 弄 B 座
浙江新华数码印务有限公司印刷

开本 890×1240　1/64　印张 2　插页 6　字数 30,000
2025 年 5 月第 1 版　2025 年 5 月第 1 次印刷

ISBN 978－7－5327－9877－3
定价：45.00 元